阿斐 —— 著

假期 ——

阿斐2017—2019诗歌精选

黄河出版传媒集团

阳光出版社

图书在版编目（CIP）数据

假期：阿斐2017—2019诗歌精选 / 阿斐著. —— 银
川：阳光出版社，2020.9
（阳光文库．8090后诗系）
ISBN 978-7-5525-5553-0

Ⅰ.①假… Ⅱ.①阿… Ⅲ.①诗集－中国－当代
Ⅳ.①I227

中国版本图书馆CIP数据核字(2020)第184339号

阳光文库·8090后诗系   谭五昌　主编
假期：阿斐2017—2019诗歌精选   阿斐　著

责任编辑　李媛媛
封面供图　海　男
装帧设计　晨　皓
责任印制　岳建宁

黄河出版传媒集团
阳　光　出　版　社　出版发行

出 版 人　薛文斌
地　　址　宁夏银川市北京东路139号出版大厦（750001）
网　　址　http://www.ygchbs.com
网上书店　http://shop129132959.taobao.com
电子信箱　yangguangchubanshe@163.com
邮购电话　0951-5014139
经　　销　全国新华书店
印刷装订　宁夏凤鸣彩印广告有限公司
印刷委托书号　（宁）0018800

开　　本　889 mm×1194 mm　1/32
印　　张　6.5
字　　数　100千字
版　　次　2020年9月第1版
印　　次　2020年12月第1次印刷
书　　号　ISBN 978-7-5525-5553-0
定　　价　29.80元

编选说明

谭五昌

在中国当代诗歌发展史上，后起诗人群体的流派与文学史命名一直是一个饶有趣味的诗歌现象。自"朦胧诗群体"的流派命名在诗坛获得约定俗成的认可与流布以来，"第三代诗人"、"后朦胧诗群体"、"知识分子诗人"、"民间诗人"、"60后诗人"（也经常被称为"中间代诗人"）、"70后诗人"、"80后诗人"、"90后诗人"等诗歌群体的流派与代际命名，便陆续出现在人们的视野中。如果我们稍微探究一下，不难发现，在这些诗歌流派与代际命名的背后，体现出后起诗人试图摆脱前辈诗人"影响的焦虑"心态，又在更大程度上，体现了他们进入文学史的愿望。这反映出一个极为明显的事实：崛起于每一个历史时期的诗人群体往往会进行代际意义上的自我命名。20世纪80年代中期，以"朦胧诗群体"为假想敌的"第三代诗人"开创了当代诗人群体进行自我代际命名的先河，流风所及，则是21世纪初期70后诗人、80后诗人等青年诗人群体自我代际命名的仿效行为。90后诗人则是在进入21世纪诗歌的第二个十年后对于80后诗人这一代际命名的合乎逻辑的自然延续。

当下，这种以十年为一个独立时间单位所进行的诗歌群体代际命名现象，在诗坛上引起了激烈的争论与内在分歧。从诗学批评或学理层面来看，这种参照社会学概念，并以十年为一个断代的诗歌代际命名方法的确经不起推敲，因为这种做法的一个明显后果便是对当代诗歌史（文学史）研究与叙述的高度简化、武断与主观化。因而，我们对于当代诗歌群体的代际命名问题，应该持严谨的态度。不过，文学史层面的群体、流派与代际命名问题非常复杂，没有行之有效的科学命名方法，也很难达成共识。这足以说明文学史命名的艰难。更为常见的情况是，一个诗歌流派或诗人代际的命名（无论出自诗人之口还是批评家之口），往往是一种策略性的、权宜之计的命名，从中体现出命名的无奈性。如果遵循这种思路，我们便会发现，60后诗人、70后诗人、80后诗人、90后诗人这种诗歌代际命名，也存在其某种意义上的合理性。因为就整体而言，他们的诗歌创作传达出了不同的审美文化代际经验。简单说来，60后诗人骨子里对于宏大叙事与历史意识存在潜意识的集体认同，他们传达的是一种整体主义的审美文化经验。70后诗人则以叛逆、激进的写作姿态试图打破意识形态的束缚（最典型的是"下半身写作"现象），他们在历史认同与个体自由之间剧烈挣扎，极端混杂、矛盾的审美经验使得这一代诗人的写作处于某种过渡状态（当然，其中的少数佼佼者很好地实现了自己的文学抱负）。而80后诗人兴起于21世纪初的文化语境之中，他们这一代的写作则是建立在70后诗人扫除历史障碍的基础上，80后诗人的写作立场真正做到了个人化，他们在文本中可以自由展示自己的个性，没有任何历史包袱，能够在语言、形式与经验领域呈现自己的审美个性，给新世纪的中国新诗提供了充满生机的鲜活经验。继之而起的90后诗人继承了80后诗人历史的个人化的核心审美原则，并在语言形式与情感内容层面，表现出理论上更为自由、开放的可能性。

目前，80后诗人、90后诗人是新世纪中国新诗最为新锐的创作力量，而且这两拨诗人在诗学理念与审美风格上存在较多的交集（简单说来，90后诗人与80后诗人相比最为鲜明的一个特点是：90 后诗人的思想观念更为开放与多元，他们的写作受到新媒体的影响要更为深刻一些）。因而，从客观角度而言，80 后诗人、90 后诗人的诗歌写作颇具文学史价值与意义。

因此，阳光出版社推出《阳光文库·8090 后诗系》，体现了阳光出版社超前的文学史眼光与出版魄力，令人无比钦佩，其价值与意义不言而喻。

2020 年 6 月 25 日（端午节）凌晨 写于北京京师园

目　录

第一辑 写诗就是生活

CHAPTER 1

诗人的日常状态

有人在开会吹牛

有人在拉帮结派

比较名气的大小

交友的广度和高度

我在用心生活和工作

热爱工作并感受生活

一笔一画地写诗

诗从细碎的柴米油盐

日升月落花谢花开

喜怒哀乐中迸溅而来

无一处不是诗

无一刻没有诗

既不大写也不小写

像从天而降的雨露

像与生俱来的荷尔蒙

偶 感

我常在手机上写诗

生活里的点点滴滴

所见所感的万事万物

写好发布到朋友圈

有些人看到了，点赞

有些人看到了，无动于衷

也有人私信我说

应该捂诗，莫轻易示人

好像写诗是一件容易的事

其实我，身为一名诗人

只是延续我千年前的习惯

见到寺庙或亭台楼阁

便有题诗一首的冲动

走过的人看到了，点头称赞

走过的人看到了，一笑置之

诗歌本就如此简单自由

像酒桌上的一碟小菜

像顽童鞭下的一枚陀螺

有时也像荆轲手里的一把匕首

我的率性和日常书写

不过是在恢复诗的本来面貌

释 疑

有人私信我

你在杭州写的诗

不像以前那样

火力凶猛如导弹

这是否就是

传言中幸福的代价

我回答说

我的诗歌如何

有待深度解读

不做过多辩解

我只知道

我的诗越来越有味

像身材好的人

穿什么衣服都美

我的家人也越来越快乐

脸上的喜悦

比枝头的花儿更多

如果我的诗

长得不再像导弹

是一种幸福的代价

我愿意接受它

且希望来得更猛烈一些

机场候机，总得做点什么吧

写诗。

写诗是一件快乐的事

但不是我

唯一快乐的事

比如爱上一碗拉面

或者约会一位陌生朋友

或者躺在异地他乡的床上

思念远方的人

都像写诗一样快乐。

对我这样

无畏到不惧日常琐碎的诗人来说

写诗就是生活

生活就是写诗。

终 于

终于我不再是一个眼花缭乱的人

像一件不需要熨也能保持平整的衣裳

从前我知晓却不知道的词汇

干净，简洁，朴素，诸如此类

如今好像成了我的身体部件

一饭一粥，一草一木，秒针分针

从前被我忽略不计的事物

如今都成了我美妙的诗

还有你啊亲爱的，成了我诗里的常客

第二辑　繁华的地球

春分已过

下楼看见

桃树旁边是茶花

茶花附近是桂花

桂花隔壁是木兰

木兰后面是枇杷

他们有的还没有开

有的已经怒放

我既不是草也不是树

既不是花也不是果

我从他们中间走过

听一群人窃窃私语

对着我指指点点

像一名寂寞的造物主

穿越繁华的地球

春日午后

新叶立在老树上

竹枝靠在暖阳中

樱花随意绽放

一只大黄蜂

两只小蜜蜂

正要争夺地盘

美丽的少妇

从矮墙边走过

我看见了她

她没看见我

雪在屋顶

雪在屋顶像我们在人世

微风，阳光，蓝天

美好无常的风景

我们爱屋顶上速融的时光

爱世间这几页短小篇章

胜过神的鸿篇巨制

听 蛙

一进小区

满地蛙鸣

亲爱的朋友

你们辛苦了

天天唱歌

只为等我回来

这个世上

有情人已不多见

你们是我一碰面

就想喝酒写诗的那群

尽管今夜

我有点累了

仍以茶代酒

敬大家一杯

干!

月 下

月亮离树梢只有两尺高时

她停下来向我索吻

这是一件多难为情的事

我挡住月光亲了一口

那是个怎样的夜晚

怎样的大树底下

月亮究竟看见了什么

我们一生都没有说出口

微醉听雨

沙沙响的是丽丽

她轻柔婉约如同一首行走的宋词

滴滴答答是小红

她总是欲言又止像满腹心事的晚唐诗

哗啦啦经过是翠花

她大大咧咧远近闻名如质朴直爽的乐府

今晚你们都来了

谢谢你们还记得我

我当然也没忘记你们

只是有一点羞愧

在这美好的失眠的立夏的雨夜

我居然没有醉

居然还保持清醒

以至于眼泪不好意思出去

回忆也不好意思进来

任凭这么多急匆匆如蚁群的情感

溶解在沙沙滴答哗啦中

路灯下的栀子花

这深夜里的万物不像万物

像一个人

疲惫、隐忍、失眠的人

他曾经历

浮萍般的生活

如今终于有了安稳的家

刚下班的我

走在小区里想起了他

也看见他在路灯下的影子

好像我自己的影子

影子旁边

一丛栀子花开得正欢乐

像一名肤白如雪的上海女人

她在等什么呢

我近距离看了又看

不说话的影子

正好轻轻抱住了她

与几位同事宵夜归来，看到天有明月

多美的夜

可惜没有朋友

我一个人在楼下

坐了很久

月亮看着我

好像哭了

这些没有朋友的家伙

懂我

又有什么用

唤不醒已死的爱

也唤不来已死的我

神把我扶起推我走到家门口

阿斐，你喝醉了。神说

你才醉了呢。我回答

明日秋分，今日秋雨，静坐观庭院雨

女儿在小房间

妻子在大房间

岳父关掉电视走向厨房

我在我的阳台上

泡一杯红茶

拿一本辛弃疾的词

看满院湿漉漉的秋天

看世界如何在刹那间变凉

看江湖在我眼里静悄悄翻起风浪

中 秋

（题记：2018 年中秋前夜，读老友任意好、老德之诗，有所感；今日中秋，圆月高悬，又有所感，诗之，兼赠老任、老德及赶路诸诗友。）

所有的疑问在天上都有答案，

我们隐约知道，却不敢相信；

所有的灵魂在天上都有位置，

人间一直传说，却从不确定。

积怨的他她拼凑成乌云，

敞亮的你我汇聚成圆月。

看吧！就是现在悬挂于高天上的那颗心。

我的朋友，我好像看见了百年之后的我们，

行走在肉眼无法触达的时空，

操持着光芒编织的语言，

对着地上像我们一样的人说话，

好像今晚的月亮与隔着大江大河的你我交谈。

什么名利富贵，统统一边去；

什么爱恨情仇，都是童言无忌。

满月的清辉里有我们想要知道的一切。

我是谁，我为何来到这个世界？

是我在你的梦里，还是你在我的梦里？

人生如此辛劳，为何还要活着？

每天庸碌无为，为何还要走下去？

生与死的界线是一张纸还是一条河？

人与兽的界线是压抑的欲望还是膨胀的理性？

我们不说话，明月也不出声，

唯有在无言里听到声音的人才配与你我为伍！

才能与我一同坐在天空底下，

对着月亮翻看答案，旁边一杯微醉的酒。

十六的月亮

昨天已为你写过一首诗

今夜换个方式再来一次

月亮微笑着凝望我

看手指在手机上翻来覆去

当年我在驿站壁上写诗

月亮看我也是这样的眼神

唐朝的恋情随我到今日

还是当年熟悉的滋味

羞羞答答的脸上

有被我轻轻啃过的痕迹

好像昨日中秋夜

我咬了一小口的蛋黄月饼

桂花诗

（题记：前几天长假出行，桂花未开，我还以为它们今年睡着了！昨夜归家，居然满鼻桂花香，我和妻女都惊喜不已。）

日子姓小，叫小日子

桂花姓李，称李桂花

亲爱的李桂花

谢谢你在这样的季节

给了我这样一个惊喜

你就像我的家里人

我们一家都非常高兴

好像上天曾经赐下的承诺

今天终于完美兑现

我们满心喜悦

走在甜香扑鼻的回家路上

整个世界都变得喜气洋洋

没有倾轧，没有战争

我们的小日子也是你们的

我们的路也在所有人脚下

暮秋周末

我们还年轻

树叶还没有黄透

秋光里的西湖

还不是特别老

寂寞的小茶馆

等了我们很多年

我们终于来了

牵手的样子

还如少年时

喝茶的姿势

还是十年前那样

与一群年轻同事微雨中游西湖

很多年后

我们都不再年轻

背着一吨重的人生记忆

徘徊在各自的屋门口

期待看见一个

陌生又熟悉的面孔

好让这寂寞的老年时光

亮起一盏青春的灯

我们中的某某和某某

就这样相遇于未来某个时刻

谈起多年前那次集体西湖游

像回到了当年的场景

那些鲜艳如虹的美丽的脸

比天籁之音更动人的姑娘们的笑

天上的毛毛细雨

脚下的白堤断桥

西湖和我们同在古人的水墨画中

这生命里的一个短小片段

要用显微镜才能看清的人生切片

仿佛稍纵即逝的闪电

却又如长阔高深的苍穹

足以抚慰若干年后干枯晦暗的心

某某和某某相视一笑

忽而老泪从眼角滴落

我们以为当年的快乐有多细小

多年后就会懂得那快乐有多宏大

恨不能再回去哪怕一秒

在别人的镜头里多停留一秒

就可以点燃全部的岁月

像晨曦擦亮河流与山川

晨光里的银杏树

清晨打开家门

两棵银杏树燃爆我的世界

这两位相依为命的老人

满头垂暮的发丝

发出惊艳如火焰的光

生命的美在于开始

也在于结束

辉煌是幕启也是幕合

我和妻一起走出门

天空阴暗也无妨

下班回来坐在阳台上听冬雨

想起小时候的事

想起小时候的人

这有点矫情

却很真实

初冬的雨夜有点冷

但也没那么冷

人世间的事情与感情

语言说不清

写诗也不过是

盲人摸象而已

它不能让小时候的事复活

也不能让小时候的人复活

不如听雨

只是听雨

管它冬天的雨

还是春天的雨

西湖秋

我们坐在西湖边上

脚下一片残荷

荷中一对鸳鸯

荷尽头一只白鹭

仿佛被什么吸引

蹬腿高飞

天上刚刚阴转晴

小片乌云散落在四周

如同乱了妆的眼影

近山和远山前后呼应

好像今人和古人

在我们身后

笔挺的水杉方阵

卫兵一样守护此地

"子瞻兄,秋景如何?"

我问东坡先生

他抬头看了看天

轻声说了几句

发音不像普通话

刚好一阵风过

我什么也没听清

只见无数颜料从天而降

山水微微一笑

草木瞬间变色

小院积雪

我在院子里看雪

雪在天上看见我在看她

笑着哭着冲到地上

堆积成一段段清白的往事

然后雪停了

往事也就死了

我站在雪地里

穿着蓝色的大马猴睡衣

在雪的雪白色梦中

那只穿蓝衣的大马猴

正踩着她的胸口

让她无法呼吸

冬天是回忆的季节

万物忽然老去

天老了变成雪

035   地老了变成什么

           我还不知道答案

           也不想知道

月明大寒

打开窗户往外看

深夜小园一片清亮

大寒已至

春天不远

再多的忧惧也有停歇的时候

我长舒一口气

千万只白鸽振翅而飞

心里没有挂碍

明月高悬中天

情人节团结湖观雪

我看见

雪已经被踩成这样

还白得这么顽强

雪看见

我被生活踩踏

还能活得这么快乐坦荡

灵犀相通的情侣

不必都是人类

山与水，我与雪

冷

太冷了

我的灵感冻成冰

我的诗挂在枝叶上

一根根细小透亮的冰凌

这世间我所见过的人与物

都在冰凌里冬眠

在小区散步一圈

白云是白的

蓝天是蓝的

绿水是绿的

红花是红的

当然也有白的花

也有紫的花

万物各安其位

心是什么样

世界就什么样

眼睛就看见什么样

我也是我

不是你也不是他

没有另一个我

传说中男人的面具

早就离开了我的脸

脸皮是薄了些

灵魂却厚了

可以承受更重的事物

比如爱与恨

比如干净与肮脏

下班时看见天上一弯月

我用手在天上画一道弧

月亮就这样成了

世间所有还未入眠的人

抬头都看见一弯光

我很高兴

用手在空气里画了个人形

你从风与风间走出来

抱着我又哭又笑

伸手轻轻一抹

弯月不见

在这漆黑有你的夜里

我想跟你谈场看不见的恋爱

如果你不同意也没关系

我也可以把你抹掉

天上月还在天上

风与风间只有风没有你

我走在一个人的路上

双手齐画也画不出刚才的风景

一念之间拥有的全部

一念之间全部失去

睡 莲

过桥时

我们一齐看到了睡莲

各自掏出手机

想拍出好看的照片

发到朋友圈

好让大家都来点赞

睡莲配合我们

摆出这样和那样的姿势

像一条熟练的锦鲤

在人间已游走多年

知道怎么做

才能打动吃瓜群众

我们拍完后牵手过桥

睡莲大声喊

把不美的照片删掉啊

我扭头看了又看

问妻子听见什么没

妻说没有

酒后醒来打开门，鄱阳湖边群鸟鸣叫

并非所有的鸟都是真的鸟

不是所有的鸣叫都值得我击节称赏

我有一片森林

有一生常青的树木千万顷

只有极少数善鸣者才可能飞入栖息

极少数就是极多数

如同诗歌的宇宙

拥挤如此刻被鸟鸣覆盖的鄱阳湖

放眼望，飞在天际的

也只有轻轻淡淡的几只身影

过黄山向婺源途中

路上空无一人

落日提前消失

这是一段只有我的旅程

我从来处来

要到去处去

在一幅水墨画中

你看到了我和群山

看到山与山间的落日和云雾

却看不到我的来处

也看不到去处

明月在上

明月在上，我在下

你的影子在上，我的眼睛在下

俯瞰与仰望怎能同日而语

我和明月不在意

你的影子和我的眼睛不在意

怎么可以爱到如此失控

世界没有高低远近

没有是非黑白

没有人间所谣传的一切秩序

你从明月里走来

飘飘的裙摆在我眼睛里舞动

我感动得快哭了

这里没有一个我的知音

你从月宫里专程来安慰我

别人都不认识你

给你取名为嫦娥

嫦娥，嫦娥，只有我知道

你不是这个，也不是那个

中元节早醒闻蝉

有人说我留恋人间

我留恋的不是整个人间

是人间的你

所以像秋蝉一样不想离去

就算离去

每年今日也要重返人间

第三辑　生活的河

CHAPTER 3

父 亲

父亲在厨房

做晚餐

我在沙发上

叠衣服

妻坐在桌旁

练书法

女儿在房间

画漫画

轻轻一撒

正在包饺子的她

轻轻撒了一把面粉

坐在阳台上的我

轻轻撒了一把蛙鸣

饺子成形

蛙鸣入耳

这一切都那么神圣

天上空无一物

忽然繁星点点

电影《奇迹的苹果》观后，赠妻

外面大雨

我在家里

刚看完的电影

让我更想你

你外出的这几日

我好像又长大了几岁

一日不见如隔三秋

就是这个意思

这部电影真好看啊

男女主角的爱情和婚姻

美得不像当今的故事

人生何等奇妙

一个孤苦无助的男人

竟会有一个她不离不弃

一个异想天开的傻瓜

竟然有一个她死心塌地

这种安排的精巧

在我眼里

不比宇宙的秩序渺小

男主有了女主

我有了你

多么感恩

我生命中的伴侣

纵使百花盛开

不及你的万分之一

我愿意与你一起

种植奇迹的苹果

苹果里的分子

主要由爱构成

礼物，赠妹妹、妹夫

我可以确定

一个人穿越亿万年光阴

进入母腹

成为亿万人群中的一员

是一种神迹

而两个人穿越亿万年光阴

在亿万人群中找到彼此

找到亿万年前就已安排好的

生命中的另一半

是神迹中的神迹

我最疼爱的妹妹、妹夫

我想告诉你们

当老哥我看见

在这个爱情如同方便面的时代

你们俩手拉手走在混沌的人间

走到我的眼前

我欣慰得想流泪

心里有感恩的泉水漫溢

你们的爱情

是这个尘世的一块碧玉

你们的女儿，我可爱的外甥女

是碧玉中的碧玉

是神在亿万年前就已准备好的

奖赏你们彼此相爱的最佳礼物

老哥我也准备了一份薄礼

老哥的礼物就是这首诗

千言万语其实只有几句话

祝你们快乐和幸福

像享受爱情那样享受婚姻的美好

在晴天携手缓缓而行

在雨天共同抵挡风雨

西 瓜

我拎着一只西瓜

走在前面

女儿和她妈妈

在后面窃窃私语

好像放学路上的

两位女同学

对着前面看起来笨头笨脑

成绩却很好的男同学

指指点点

西瓜先生

在这个炎热夏夜

你一定要坚定地

跟我站在一起

否则等着吧

很快她们就会

把你夺走

大卸八块
吞进肚子

很多年后

一碟花生

一盘青菜

两碗稀饭

两个人

茶几不出声

桌椅沙发抿着嘴

电视机大大咧咧

正在播放

《那年花开月正圆》

很多年后啊

很多年后

我们的故事也将

出现在别人的电视里

我夹青菜

她嚼花生

两个演员坐在镜头里

想把他们演成我们

他们已经很卖力了

演得也很逼真

尽管永远没有人

能再现今夜的我们

再现今夜

花生一样的快乐

青菜一样的安宁

稀饭的歌声

我们的笑脸

致 妻

我背过身去

你在我们的家门口

等我一生

你准备在家门口等这个浪子一生

我转过身来

你伸手帮我擦去

羞愧的眼泪

你毫无怨言地擦去我羞愧的眼泪

在这个世上

谁让我不断地出逃又不断地逃回

谁忍受我的荒唐又原谅我的荒唐

是妻啊

彭婆垄

我坐在鄱阳湖边上

一个名叫彭婆垄的村子里

外面正是深夜

这里却是白天

外面布满了鲁迅

这里只见陶渊明

我知道你在寻找这样一个村庄

也在寻找这样一个我

我笑眯眯坐在这儿等你过来

烧好了炉火备好了酒

你却一直没有出现

就像永远不会出现

假　期

有热闹的鸟鸣和安静的阳光

有莫扎特的音乐和杜甫的诗

有木质的茶几和布艺的沙发

有杯中的红茶和散放的巧克力

有炉上的菌菇汤充盈满屋的人间烟火

有脑海里的思想酝酿千年的天马行空

有看不见的朋友和看得见的妻子

有可触的异乡和不可触的出生地

有四季青的爱和四月花的恨

有水流的此刻和烟雨的过去

光阴如此漫长如此短暂

生命如此乏味如此绚烂

世界广大世界小如米粒

我什么都是什么都不是

这有什么关系亲爱的们

浮生有你，我心平如镜

休 息

午饭后

她在床上睡了

我在沙发上读全唐诗

不小心睡着

梦见我的工作和同事们

醒来发现

居然是在家里

窗外有阳光

但不怎么明媚

有几只蚊子在飞

咬了我也没关系

泡的茶还没有凉透

喝起来依然爽口

她从房间里走出来

穿着宽松的睡衣

真美好啊劳碌一周后的星期天

我们在简单的家里过小日子

她还有工作没做完

我也有其他的事要思考

互相看看又互不影响

偶尔亲昵也不太过分

无论什么样的天气

晴天阴天或下雨

无论什么样的饭菜

鱼啊肉啊或青菜

都不要紧

都觉得很浪漫很舒心

与妻女吃夜宵归家后作

忽然有种成功者的既视感

这么多年来仿佛第一次

世间富豪统统一边去

唯有我才是最富足的那个人

两瓶啤酒过后我诗兴大发

一会儿杜甫一会儿李白一会儿《诗经》

回家路上我哼着喜悦豪迈的歌

此刻你遇见我会误以为遇到了奇葩

只有妻子和女儿习以为常

就像我们已对爱和被爱习以为常

雨后小区里四面八方的虫鸣

也带着旁人难以理解的欢乐之音

静时光

安静的时光是绿色的
满园的绿色闭目打盹

安静的时光是丰满的
多肉的微风枝头伫立

安静的时光有龙井的清香
透明的茶杯里上演叶子的舞剧

我在安静的时光里隐居
过着你们敢想却不敢信的生活

夜半庭院

很多要我思念的人，我不思也不念

很多要思念我的人，我不知也无感

很多往事其实不是往事

是发生在别人身上的事

很多现在不一定是现在

是多年以后的梦幻泡影

我站在半夜的院子里

没有明月也没有你

树叶上行走的风动作轻巧

好像悄悄躲着偷窥我的孤独

我觉得这是一个适合叹气的时刻

而脑海里的电影回放过后

我却长吸一口气然后笑着慢慢吐出

轻松站起身，牵着一位天使的手

从空荡荡的院里走出来

走到我醒来后的双人床上

熟睡的妻是我安然散步的庭院

我们的手紧握在一起像在梦里一样

周　末

吃岳父做的饭

穿妻子买的睡衣

看女儿写的作业

偶尔去阳台

欣赏雨后的风景

叹一杯茶

听一首歌

不读书也不写作

只是简简单单

活在生活里

世界看上去

也没那么糟

人间的烦心事

也没那么重要

葡 萄

亲爱的葡萄

我正在吃你

知道你不介意但我还是

心有愧疚

像我这样的人哪里还有呢

亲爱的葡萄

遇上我是你的幸运

妻子奇怪地看着我

好像发现了什么秘密

把一粒葡萄

从我手里轻轻夺走

转赠给身旁的女儿

小 院

用我粗糙的灵魂

换你一身江南风景

从此坐井观天

共享这窄窄的幸福

浅浅的人生

第三首诗

下雨天能坐在

妻子和孩子都在的家里

悠闲地写诗

大概是世间最幸福的事

为了不辜负

有人一生都不能获得的

这样的幸福

我写下了第三首诗

下的士，小区步行欢快地回家

这个厚脸皮的老男人

背负一个时代诗歌梦想的家伙

蹦蹦跳跳

走在零点回家的路上

他刚从上海出差归来

这个刚离家便想家的孩子

曾经以为家是一种传说中的存在

如今蜗牛一样对家触手可及

他走得又慢又快

秋虫的鸣叫声为他开路

我喜欢他

这个老男人，这个家伙，这个孩子

我钻入他的里面

成为他

问 候

清晨在异地醒来

我打开手机

告诉妻子

我爱你

然后天亮了

阳光穿过窗帘

进入我的心

爱人的人

也会被人爱着

问候世界的人

也将收获世界的问候

那些光影

那些声音

那些虽然不纯洁

却真实如我的人间事

刚刚好

我在这里出世
你在那里眨巴眼睛

我长成一只小茶壶
你是一只可爱的杯子

我走过哭过的这条路
也通往你的家乡

我嘴唇的大小与形状
正好可以把你的嘴堵上

我身体里的小蝌蚪
居然偶遇你的小星球

我那咿咿呀呀的宝贝儿
就是你怀里的那位

我头上有了雪花

你也迎来霜降

我脸上停留的犁耙

也在耕你额头的土地

我常常安坐的长椅

旁边正是你啊老太婆

我们知道天堂在哪里

谁先谁后都不要紧

一切都完美无缺

天衣无缝

一切都不多不少

刚刚好

散步去

周末早醒

阳光真好

像她的皮肤一样柔滑

如果此刻你大喊

我爱你世界

一定会听到天使的笑声

想喝酒时，找不到开瓶器

命运之神多么善解人意

为了配合我养胃

安排了一桌好菜

安排我有一瓶红酒

又安排我找不到开瓶器

幸好我有能力戒烟

所以我也可以不喝酒

幸好厨房的角落里

我还藏了一坛

老——黄——酒

干杯，朋友们

干杯，我的神

为了庆祝我每天的忙碌

生活何其充实

生命何其虚空

找到了开瓶器

再见老黄酒

你可以休息了

你好小红酒

葡萄色的羞答答

像一位可爱的邻家小妹

喜新厌旧是人类的本性

我恰好是人类

喜新不厌旧是诗人的本性

不好意思

我恰好也是诗人

深夜加班回来

我从深黑的森林归来

拖着仿佛六百斤重的身体

两手空空

没有喜悦也没有悲伤

妻子的笑脸让我起死回生

好像一阵风吹醒醉酒的我

我把头深埋在她的肩

像一个考试失利

委屈想哭的孩子

她拍拍我的腰

让我抬起头

餐桌上

一碗汤，一杯红酒，一盘花生米

平安归来的猎人

在爱他的妻子眼里

就是得胜的将军

哪怕一无所获

清晨送女儿去学校

我问，现在是深秋了吧

女儿说，应该是初冬

哦，原来这样

树叶绿里带黄

微雨柔中带刚

天空灰沉沉却不影响心情

车库近在咫尺

我们轻轻慢慢地走

让这段路变得有点长

妻走在一旁

看着我们低低地笑

好像看着她两个明亮的孩子

夜深，居家宵夜

吃什么不是问题

看谁做的

喝不喝酒也没关系

几句暖心话

也就醉了

我是冬天出生的孩子

不在意世间炎凉

亿万富翁又算什么

如果不能在家里

陪妻女吃宵夜

与年轻同事们一起加班有感

昨天的小斐

变成了今天的斐哥

有时也

被称作斐叔

真好

从前别人夸我年轻有为

现在他们赞我

老当益壮

到了一把年纪

才懂得努力工作的男人

肯定是有故事的男人

不信问问斐哥

有点累

腰是酸的

嘴是苦的

心好像是辣的

脑袋，呃

应该是咸的

来吧亲爱的生活

把我吞掉吞掉吞掉

把我扒光洗净吸干

做成一道

五味杂陈的家常小菜

可是甜呢

甜去了哪里

回家路上我抬头

天空寂寞

流星一闪

如神仙手里的一把糖

夜班回家妻已熟睡，留了一锅鲫鱼汤

所有宏大的词语和伟大的使命

此刻都可以安息

所有热血沸腾的口号

此刻请一边去

我只想静静地品尝

这一碗味道极美的鲫鱼汤

眼睛里含着

热泪，外面已是冷冬

如果你不相信

那就不信吧

如果你认为我虚伪

那就虚伪吧

此刻，我只想跟你分享

这碗鲫鱼汤

分享一个冬天仍在加班的

平凡男人

他的简单日子

他内心的感恩

他曾经以为不存在的

让他厌烦的

岁月静好

屋里开了暖气

妻在织毛衣

屋子里有暖气

好像儿时

我想象的未来生活

冬日小屋里

炉火烧得正旺

我的女人坐在炉火旁

织毛衣

我坐在她旁边

脱袜烤脚

懒懒不成样子

孩子们散乱坐着

叽里呱啦说话

只有当我扫视一圈

他们才会暂停两秒

家的外面

漆黑如同停电

好像有声音

也好像没声音

我从不在意

我的孩子们也不在意

都像我

胸无大志

不成样子

头 晕

抓头发

敲脑袋

双拳按太阳穴

长吸一口气

长呼一口气

站起来

走几步

停住

皱眉头

抿嘴

靠在沙发上

半躺在沙发上

躺在沙发上

爬起身

倒了一杯水

妻问：怎么了

我盯了她一眼

也不说话

也不吱声

端起杯子

狠狠喝一大口

客至，打地铺，想起儿时

遇到一个熟悉的场景让人想起小时候

是件温暖的事

我躺在地铺上

坐起，躺下，坐起

知道了什么叫"起坐不能平"

凌晨又怎样

天亮要早起又如何

我愿意多醒一会儿

让这路遇初恋般的感觉再多停留一会儿

一会儿就够了

一会儿也是永远

朋友送来四只螃蟹，我开了一坛黄酒

再横的螃蟹

人也能把你吃喽

我和他面对面坐着

在外面寒冷屋里暖和的冬夜开怀畅饮

这世上每天都有悲伤的新闻发生

身为螃蟹，我们也不能

预知明天和下一秒

外面星空辽阔

最亮的星和最暗的星

都不愿意旁观这里的一切

我们表演多剧烈的悲伤也没有观众

来，兄弟！今夜不考虑工作也不考虑减肥

不关心人类也不关心远方的姐姐

就着黄酒吃螃蟹吧

也可以就着螃蟹喝黄酒

管它是你，是他，还是我

与妻女一起讨论维特根斯坦的某段话

妻子先说

其次女儿

最后我总结陈词

妻子反驳

女儿支持我的观点

试图说服她妈妈

我再次表达我的想法

妻子终于接受

三个人相视一笑

这日常生活里的简单场景

与柴米油盐同等海拔的小事

哲学虽然高深

日子依然轻浅

我们只是几条小鱼

在神的鱼缸里摆摆尾巴

看见有鱼吐出几个泡泡

停下来参观

议论了一番

不就是这样吗所谓人生

白菜萝卜

小葱豆腐

今晚我们加餐

香喷喷的烤羊排

拜年亲戚家围炉即兴

昨夜多喝了几杯

今天状态也还好

炉火正旺，年景平常

我说话的声音还像少年时那样

旁边是鄱阳湖

候鸟在此安家落户

从大门口望出去

白羽纷纷，如雪飘摇茫茫湖上

世事本就如此简单

比我们认为的简单

一点湖雪白，一点炉火红

给妻的情人节礼物

情人节可以独处是一件幸福的事

心里只能想一个人也很幸福

此刻我独自在异地酒店里

仔细揣摩你发过来的每个表情

在视感情如草芥的年月里

过着既没贼心也没贼胆的幸福生活

深夜返回仍在下雨的杭州

没有阿斐的杭州是寂寞的

我的飞机刚着陆杭州就生动起来

连满脸阴沉的雨也有了笑容

夜里我看不见的万物

都齐刷刷看着我

好像我载着一吨重的诗

来歌颂它们好让万物都可以不朽

很多年后我走了

杭州仍然将我挽留

我变成西湖边的一座雕塑

与站在旁边的石人握手

"你好，我是阿斐"

"你好，我是苏轼"

加 班

我和一群年轻人

拿着削尖的木棍和打磨过的石头

凝神屏息进入夜森林

这黑暗中的黑暗

我们把命悬挂在命运的枝丫上

没有人退却哪怕一小步

再凶狠的猎物也只是猎物而已

一阵惊悚的声响过后

战斗已经结束

我们从森林里全身而出

细细的弯月在天上看着我们

万年以后，或者千年

人间会流传我们的传说

果 汁

（题记：结束一天的工作，深夜回到家，看见桌上妻给我榨好的果汁。我喝完后，写诗如下——）

果汁在碗里
像月亮在天上

月亮在天上
像妻子在家里

我喜欢天上的月亮
也喜欢家里的妻子

她榨出的果汁在碗里
像神榨出的月亮在天上

一起看电视妻照例睡着

我照例笑了

轻轻挪开她的腿

轻轻起身

轻轻调低音量

趁机喝了口水

在沙发上轻轻躺下

轻轻把她的腿

放回我的腿上

听她轻轻的鼾声

有种轻轻的满足感

如同今天的节气

小满

初夏之晨

送完女儿上学

我和妻走在小区

绿夏如春

况且是清晨

我特别高兴

满心欢喜

鸟在树上看见我高兴

它们也高兴

看我欢喜它们也欢喜

所以开始鸣叫

喜乐的叫声感染了我

我吹着口哨

两手弯成翅膀

上下扑腾

与它们呼应

妻在一旁对着我笑

骑电瓶车的姑娘扭头看我

有个小胖墩

戴着红领巾

坐在长椅上托着腮

两只小眼睛滴溜溜瞪我

不知道他在想什么

高兴还是不高兴

工 作

深夜走出公司大楼

看见我的地球还在辛勤工作

这世间最忠诚的坐骑

永远没有节假日的最佳职员

载着我日行万里

看遍宇宙星光闪烁

我很满意，倦意全无

在黑暗略有微光的路上

高举双手伸了个懒腰

踱着心怀天下的步子

一家人一起看电影《人生果实》

风吹落枯叶

枯叶滋养土壤

肥沃的土壤帮助果实

缓慢而坚定地生长

这是电影里的旁白

是我们一起收获的果子

它微小又其貌不扬

如同天上掉落的话语

它落在心里

长出生命和道路

落在大地上

长出历史与江河

酒后与小伙伴月下玩秋千归来

微醉后的男人还原为孩子

我和小伙伴在月下的秋千架旁

吵吵闹闹说说笑笑蹦蹦跳跳

回家后余兴未了

一个筋斗云回到儿时的天井旁

未老的爷爷奶奶和年轻的爸爸妈妈

雨落进天井像我的梦想落在书本上

像月光

落在我和小伙伴离开后的秋千架上

周六早晨

穿着睡衣

拿着吉他坐在阳台上

拨第一弦时阳光就已蜂拥而至

我的朋友都在阳光里

有的是光有的是尘埃一粒

在冬日都是我看不见却罩着我的暖房

生活的河

妻在织毛衣

我在剪指甲

电视剧里爱恨情仇

轰轰烈烈

跟我们好像关系不大

很多年后这幅画有点旧了

我眼睛也有点花

心里依然泪潮翻涌

母亲一样织毛衣的妻子低着头

孩子似的剪指甲的男人嘟着嘴

这生活里小小小小的切片

河流里短短的永恒的一闪

醒来，妻递给我一杯温水

阳光从窗户漏进房间

外面有噪音但并不嘈杂

有一点恰到好处的鸟叫声

此刻我刚好从梦里醒来

睁眼看见，好像梦一样

早起的妻递来一杯微笑的温水

我知道这个世界并不太好

很多人的生活过得不像生活

哲学家在怀疑人生

文学家在冷眼旁观

商人们在陷阱里变成井蛙一枚

我不受他们的影响

接过妻手上微笑的杯子

过着从前我想过却过不上的小日子

早起出行

一碗粥，两个煎鸡蛋

比我更早起的妻准备好了早餐

我在家里就是在盛世里

拥抱后出发，世界仍在暗夜中

从我身体里升起一个暖炉

伴我在冬日黎明前的寒意里远行

远方就在前方

我握着拳头，半眯着眼睛

居家隔离

床是我的朋友

马桶是我的朋友

电视机是我的朋友

空调是我的朋友

沙发和茶几是我的朋友

阳台是我的朋友

院子里的树是我的朋友

别人家的窗户是我的朋友

满脸忧郁的天空是我的朋友

对着窗玻璃哈一口气

雾水是我的朋友

用手在雾里画了个圈

圆圈是我的朋友

第四辑 | 我坐在阳台

CHAPTER 4

下楼取快递，坐在路边，观人造瀑布

天好像要下雨

太阳不知去哪了

树上的广玉兰特别美

有青蛙的叫声

和很多鸟的叫声

飞瀑的声音混合在一起

这人间的风景和音乐

普通粗俗又奇妙

我愿意简单地活着

活他一百岁

然后一百岁到了

我坐在路边欣赏昨日的画面

这位依然好色的老头

对生命的浪费不以为然

对虚度的光阴和做过的错事

没有一丝儿悔意

路过的孩子看见他

好像在哭又好像在笑

只有他自己清楚

既不是笑也不是哭

就这样简单地坐着

像那简单的一百年

世界改变了面目

人类换了一茬又一茬

他仍是从前的模样

像一件老旧的新衣服

阴天，我走在一棵玉兰树下

一个人要有多大勇气

经历怎样的绝望

抱定哪种义无反顾的信念

才能面对临死时的孤独无助

承受世间从此无我的委屈和不甘

当我走在路上想到这个问题

忽然涌起一股莫名的温暖

也许我们都误解了害怕与恐惧

它们像大气保护地球一样包裹你我的心

让我们勇敢活着抵挡必然的死亡

蹲在一棵松树下

什么鸟在我身后的树上叫

我在心里问

我的心回答说

我不知道是什么鸟

也不知道它讲什么

从声音的清亮度来分析

它现在心情愉悦

是一只幸福快乐的鸟

像蹲在树下的我一样

眼里每个路人都十分美好

拍球的少年帅气阳光

背包的少女漂亮干净

牵手的情侣白头偕老

疲惫，但不能无诗

本来已困得像堵老墙

忽然清醒如老屋中的煤油灯

我看见少年时的我

那么自尊，执着

认定自己的不同凡响

我不能让他失望

我要用疲惫时写的诗

解开身上的锁

为我犟牛的灵魂开扇自由的窗

供 需

晚餐时

我给女儿解释

什么是供给侧

什么是需求侧

餐桌上

鱼儿只剩鱼骨

肉丁还有几粒

青菜早已空盘

它们用生命

供养着我们

却无能满足

我们的需求

在高铁站

我知道天上有眼睛

正在好奇地看着我们

穿过头顶坚不可摧的屋顶

它看见一只只

黑乎乎煤球似的头

像我们看显微镜里蠕动的细菌

为什么我总有一种莫名的忧伤？

因为我不知道自己

是细菌，是煤球，还是天上的看客

高铁站肯德基内早餐后作

这世上最真的事物是什么？

我看了一圈这里所有的人

又看了一圈这里所有的物

我看见了能看见的全部世界

却看不见看不见的世界

看见了你你却看不见我

野长城

在怀柔山里

稀薄的暮霭中

冷风刚起时

有人用手一指

山头独夫般的建筑

告诉我说

那是野长城

我看见

我的中国立在山巅

冷风瑟瑟

黄昏笼罩

像出土的兵马俑

想杀无力杀

想吼不能吼

怒火凝固成砖头

我别过头去

在山间旅舍长长的走廊

一排汉唐的幽灵

用犀利的眼神与我对视

我不敢出声

也不敢流泪

这难言的苦楚

只有见过野长城的人

才能略知一二

刮 痧

头晕

胃胀

胸闷

里面的火山

最近好像不太安分

刮痧

把山石的沉默

和地火的愤怒

刮成一朵朵

暗红色的花

原来

如此

我终于知道

万紫千红的春天

是怎么来的

回到家喝了一小杯后有所思

知道今天立冬的人

一定都想喝酒

而我在喝酒

我看见光阴这头黑熊

戴着憨厚的表情扑向我

想躲却躲不开

这难言的尴尬

今夜想喝不能喝的人请对着镜子哭

今夜想喝正在喝的人请对着杯子笑

今夜不爱的人就不要爱了吧

今夜含恨的人继续用力去恨

有什么好尴尬的

无非人生易老青春永逝

无非冬来冬去人前人后

万事皆有定

你能做什么？

答：哭，笑，爱，恨，喝酒！

相 遇

十八岁时梦见

我八十一岁时

二十八岁梦见

我八十二岁时

今年我三十八岁

梦见自己坐在门口的小板凳上

眼巴巴望着来往的人

好像在等谁谁谁

年轻的女孩问我：

爷爷，你今年几岁？

我想了想回答：八十三

我的十年

在梦里浓缩成一年

我不断向梦靠近

想抵达那个遥远如同星空的自己

直到八十八岁

我和我互相拥抱

拉着漫长光阴里的家常

我们爱着等着的那个人和那些人

已经老成了一块树皮

死成了坟头的草

我和我依然热烈地聊着

谈到熟悉温暖的名字

眼睛里闪烁奇特的光

最后我们相约一起消失

于是我们就消失了

夜半在北京惊醒

我梦见被群狼围攻
其中一只扑向我
睡梦中我稳稳地踢出一脚。

我醒了，惊而不惧。
这么多年的跌跌撞撞
摸爬滚打，浑身泥水与血汗
让我变得勇敢和更勇敢
是狼，是虎，是喷火的龙
也不能把我击倒。

我会变老，但不会懦弱
身体虽然必毁坏无疑
内心却一天天强大如新。

夜雨返家，看到一段话，分行摘录如下，兼赠朋友们

正是因为

好人什么都不做

坏人才会蓬勃发展。

众善奉行时

诸恶就会退缩。

我们要相信

不管在什么时期

邪不压正。

夜听古琴曲《神人畅》

庞大的夜

人世寂静

独坐听古琴

月光如目光

神在看我

我在看神

再孤独的音乐

总会有知音

再伟大的存在

也需要知己

我站起身

关掉音响

寂静的人世

夜庞大无形

冬夜暖阳

夜里想一个人

跟白天想一个人不一样

就像月亮和太阳不一样

就像血管里流动的血

和江河里奔涌的水不一样

夜里想一个人是太阳，是江河

夜里想一个人才叫思念

而一万种思念

也比不上你的一张脸

不是因为好看

是因为温暖

此刻外面又黑又冷

我需要你的热，你的光

夜读古人词

当时他们都嫌夜长

我也感受到了

现在他们已成万古长夜

我却还在路上

不可喜

不可悲

我的孩子们啊

也会像我们一样

循环往复

往复循环

如命运的工厂里

流水线上的产品

吃完一只橙子后开窗与天上月对谈

现在你可以放松了

世界只剩下我们

我知道你终生寻觅

至今仍孤身一人

我比你幸运多了

橙子的滋味在我嘴里

让我拥有活下去的饱满汁液

你什么都没有

没有橙子也没有橘子

连光都是别人的

在这样寒碜的境况里

何不与我结为知己?

像当年你在唐朝

与李白隔空对饮

花和影与你们做伴

我猜得出你在想什么

你在读我每晚的诗篇

以此来确认

我有没有与你为友的资格

还需要如此这般吗?

在我关窗离开之前

且送你一句话:

你总说世上无李白

李白就在面前你却不认识

病中观雨

哪有什么雨天

所有的雨天都是晴天

哪有什么阴云

所有的阴云都是云彩

我的胃痛也不是疾病一种

肚子里照样装得下扁舟和江湖

窗里，躺在床上的诗人

窗外，诗人眼里的风景

雨下一会停一会

像跳舞的姑娘跳一会看我一会

万物我都好奇，都关心

万物都是我胸中美人，而非块垒

远光灯

对面车道

一辆车突然打开远光灯

像你突然认真看着我

眩晕中

我坠入爱河

在生命的路上

有多少惊喜或惊悲

等着你我

有时是远光灯

有时是一双眼睛

英雄般的孤独和苍凉

夹杂一点逼近悬崖的恐惧感

为了保持最后的那份倔强

让世界记住此刻此景

我放慢了脚步

加大了摆幅

红绿灯静静看着我

红灯庄严

绿灯慈祥

最后一分钟登机有感

句号是最复杂的标点

我深深领教

再多的鞭影也不过如此

有什么好恐惧

有什么可绝望

不放弃就意味着一切

看到一个常用字却觉得不像

你可能也会有这样的瞬间

一个人突然离群向你走来

像一个字从字典里飞入眼睛

你确定她或他是你生命里的重要角色

也曾在人生路上一同携手亲密无间

你认得对方如同认得镜中的自己

却忽然觉得这个人完全不像那个人

好像不认识一个用过千万遍的字

你沮丧地闭上眼或别开头去

感受一阵熟悉的风拂过脸颊

你知道有眼泪如泉水丝丝渗出

用手去擦并坚持认为这是天在下雨

洗 澡

再干净的灵魂

也有一副洗不干净的皮囊

我爱这

乱草丛生不知反悔的身体

它让我真切触摸到

一块名叫人的土地

它不吭声地

喂养优雅清高的灵魂

在被蔑视里

耗尽全部养料

阳台上坐着一个奇怪的人

有时候我坐在阳台上

晒着太阳

刷着手机

看世上的风景

一片叶一朵云地飞进来

在我眼睛里翻腾

我会涌起

自己也说不清楚的感受

好像是幸福

更像是庆幸

此刻就是这样

我坐在阳台

杭州而不是北京的阳台

晒着太阳

春天而不是夏天的太阳

用手机写一首

旷世难有的诗

我感受到了那种感受

确实没错

如我所料

好像是幸福

其实是庆幸

写于绵阳机场

来的时候是晴天

离开时阴天有雨

这不代表此地对我的依依不舍

只是我倔强地认为

绵阳因我的到来而有了一道历史印迹

刷存在感是件多美的事

我微笑着观看我和大家在人世的表演

烟尘的时间里

有的和没的都是同样的归宿

我仍倔强地认为

我与李白杜甫们在一幅画卷中

感冒有感

自从戒烟后

很少感冒了

这次我苦苦撑了两周

还是被传染

先是嗓子疼

后是打喷嚏

鼻涕眼泪一起流

病毒先生

耐心而有秩序地

入侵我的呼吸道

我感受着他的步伐

像草木感受秋天

士兵感受战争

我一生都将与侵略者周旋

我知道我必定击败他们

他们耐心，我更耐心

他们吞噬，我拼命生长

长胖后

长肥了的剑

还是剑吗?

是刀

长肥了的刀

还是刀吗?

是菜刀

长肥了的菜刀

还是菜刀吗?

是菜

长肥了的菜

还是菜吗?

是做菜的人

我就是这个人

这个人叫阿斐

对，就是写诗的那位

从一把锋利的剑

变成一个温暖的厨子

中间只隔了一行长肥的诗

雨中垂钓

很多事还等着你去完成

很多梦还等着你去做

很多传说将在你身上发生

很多记忆沉在水底要你捞取

这跟我又有什么关系

在愁绪如雨的季节

身为一尾水中游鱼

我的任务是在上钩前活下去

听首歌度周末

我离开我的故乡已有二十年

星辰离开天空的二十年

还将继续，不知终点

我在童年和少年时

只想尽快离开这贫瘠之地

现在想回去也不能够

妈妈，我在森林里行走满是艰辛

有时跌入陷阱有时滚入泥潭

被群狼追赶又被蛇群逼入死角

我一个人拿根树枝往前奔走

没有方向更没有目标

有的只是恐惧、迷茫和无力感

生命像只千疮百孔的小船

海浪一个哆嗦就可以让它秒翻

我终于活了下来，妈妈

你知不知道这有多么不容易

我终于有机会躺在森林里的木屋

将恐慌和危险关在外面

听着《布列瑟农》和《离家 500 里》

在这个稀松平常的周末的清晨

有眼泪聚集在我的胸腔

却没有从我的眼睛里流出来

读完五代史放下书后有感

把一段乱世放回书架

这轻轻的一个动作让我心惊

如果此刻我身处当年

读完前朝史是否能有所感悟

如果历史可能轮回

我又能不能辨别善恶曲直是非

坐在沙发看屋外的阳光

这个冬天居然长得像春天

本没有波澜的身体

居然翻涌如沸水

夜 思

深夜从公司回到家

家里的灯还为我亮着

有什么黑暗值得我惧怕

如果有一盏灯永远为我亮着

爷爷离世后

身为长孙的我

成了奶奶的精神支柱

她有什么烦恼忧愁

都讲给我听

好像我是一个

处理家务事的能手

我知道

年老的奶奶不是祖母

是一生憋屈的矮个子女人

是满腹心事需要倾诉的女孩

就像我的女儿一样

我由此知晓

人类没有大人小孩之分

在人世的艰辛面前

通通都是孩子

就像此刻

病入膏肓的奶奶

见到回老家探望她的我

浑浊的眼里闪烁奇特的光

抓着我的手

用她即将耗尽的气力

跟我不停地

断断续续地聊天

奶奶问我，这次会死吗

我说不会，她就信了

听大提琴曲《殇》

这忧郁的河流

随早晨欢快的阳光越窗而入

这悲伤的河流

这沉重的河流

随早晨跃动的阳光越窗而入

这嘶哑的河流

这绝望的河流

随早晨闪亮的阳光越窗而入

这赴死的河流

这前世的河流

随早晨今生的阳光越窗而入

这轮回的河流

半个月亮

想一半的心事

发一半的愁

用一半的爱去爱

所以月亮可以不圆

你的美也只有一半

我的心也只在半个身体里

死是一半的活

活是一半的死

相遇是一半的分离

所以月亮也是半糖主义者

真的很美好

真是一半的真

美好也是一半

你只需半懂就可以了

所以天上只有半个月亮

骑行在冬日城郊

四位老人坐着

在一家小卖部门口

阳光晒着她们

一个像奶奶

一个像外婆

一个谁也不像

一个佝偻着背

我骑自行车慢慢路过

这冬日暖阳里面

只剩半条命的村庄附近

挖掘机像狙击手

等着她们最后的时光

我像你们一样

等着每个故事的结局

好在未来的某天

讲给想象中的孩子们听

陪他们一起伤感

陪他们落泪

在冬日太阳底下

被啃掉一半的郊外村庄

一家小卖部

一把椅子

一只板凳

一条狗

乡居听雨

已是午夜

外面正在下雨

雨落在瓦上的声音很好听

让人睡得着却不想睡

我一个人坐着

烤火听雨

世事无常也有常

无非作用力与反作用力

你打我一拳

我回你两巴掌

人间世如此

大自然也这样

第五辑 与老友夜饮

CHAPTER 5

读陶渊明，兼赠诗人子艾

我煮了一碗面

倒了一杯酒

翻开一本书

你正蜗居里面

像我广州的老友

坐在东晋的乡村

刚刚发来微信

邀我远距离对饮

我敬你一千年

你回我万里路

我说泛此忘忧物

你答远我遗世情

在你的时代

你没什么知己

在我的时代

你也不见得

比我的朋友更多

回到从前也是一样

那巍峨的大唐

把你从抽屉里

请出来膜拜的年月

你也如同盛世今日

独在杭州的寂寞阿斐

李白是个俗物

从来不曾懂你

友人在德国

二十年不见了

在微信里

我们像昨晚刚见面一样

谈论儿女的身高

康德哲学和德国啤酒

我在杭州的工作

以及未来可能的重逢

距离再也不能

成为思念的理由

下班回家

泡一壶茶

发两分钟呆

与唐朝的朋友们

聊相思红豆

与老友蒲荔子夜饮九溪

必须是这样

明月在薄雾里高悬

薄雾在明月里升腾

村庄在薄雾里溶解

我们在明月里羽化

必须是这样

你左手端着雪花啤酒

右手拿着一支中南海

鼻梁上架着黑框眼镜

衣服的纽扣全部解开

必须是这样

在这家清幽的民宿

有一个肥大的露台

露台上的床榻

像故宫里的一个摆件

必须是这样

我们坐在床榻上

谈论你我的过去和未来

你说话的嗓音忽然很像我

我沉默的时候变成了你

必须是这样啊

在这个毫无意义的夜晚

两个没什么不同的人类

说着五十米外便听不见的话题

我却以为万米高的天能听得到

必须是这样啊我的老友

你划亮了一根火柴

我也划亮一根

两根火柴在人世间一晃

就像地球在星云里一闪

这一切何其相似

我和你，你和他们

他们和薄雾，薄雾和村庄

村庄和明月，明月和星空

星空和万物，万物和一

一和神，神和有，有和无

必须是这样

我们在江南的月雾里相聚

又好像在月雾里分道扬镳

你从人世的那头出走

我在天边的这头离开

很久以后

人们传说着这个晚上

我们谈论了天道神佛宇宙万物

你我不声不响

不声不响地变成月光中的一束

变成薄雾里的尘埃一粒

围绕着他们

他们正像今晚的我们那样

天悬明月，如心

地腾薄雾，如情

毫无目的地聊着

没有原因地感叹

友人说期待你今晚的诗，我说好

并不是七夕让今夜变得特别

是特别的每一天让今夜变成七夕

不幸福的牛郎织女怎能为我带来快乐

但是你能，我亲爱的

我知道这个夜晚破碎的心会更加破碎

缝合的伤口会继续隐隐作痛

这世上哪有什么快刀能斩的乱麻

但只要你在，就够了

赠 诗

（题记：与同事偶尔聊起天，忽然她说：送
我一首诗吧，斐哥。我说好。）

昨夜秋虫在鸣叫

因时日无多，冬天将至

今晨万物在呼喊

因心有喜悦，光阴苦短

古人说盛年不重来得欢当为乐

我说美丽的事物需要及时绽放

你就是其中一员

是山花是夏荷是秋月是傲梅

与世间众多脂粉略有不同

我曾在汉朝的乐府中窥见你的踪迹

又在盛唐的云鬓花颜中发现你的身影

还看到你藏身于大宋的水墨行吟图

倏忽间到了今日你我相逢相识

这是一场多奇妙的遇见

超越人间无数的擦肩而过

不需要再有其他庸俗的故事了

这样已经很美已经足够

你静静地绽放，我静静地看着

像月与月下客，像花与赏花人

赠李冉

（题记：同事李冉留言要我赠诗，好的。）

其实你不需要

我来赠诗

身为叔叔

有点

不太好意思

万一被阿姨看见呢?

若干年前

我可能也不会

赠诗给你

那太麻烦了

我会干脆把自己

赠给你

还是等你

传说中的白马王子吧

他不需要会写诗

这油腔滑调的文字游戏

只需要学会爱你

到老都爱你

那时候

斐叔会很高兴

轻轻地

擦掉这首赠诗

送诗友陈客

你在泉州

我在杭州

千里迢迢

兄弟一见面

高矮胖瘦

下次再来

不去西溪吃鱼

带你到西湖断桥

听雨落

看美女

一早读任意好兄访谈遥赠

这么多年一摇而过

世界和人类早已面目全非

你还是你

我还是我

同有赤子之心

喜欢苏轼

喜欢辛弃疾

仍然相信

人间可以不是这副模样

不开心的人走在雨夜漆黑的路上

放心，此人不是我。

他是我的一个朋友

有着与我一样的才华和雄心

比我矮些但也不矮多少

比我帅些但也不帅多少。

朋友，你怎么了？

他不看我也不回答我

在雨夜漆黑的路上没有目的地走

好像被偷走了最重要的东西

又好像什么事也没发生。

我知道他不开心却找不到原因

对着他摇摇头然后快步走远

这美好的春天将至的江南雨夜

怎能被一个莫名其妙的人扰乱心神？

放眼望去，马路上灯光灿烂

在雨中黄灯红灯绿灯每盏都很漂亮。

世事如春雨，也不过简单一场雨而已

有涵义就有涵义，没有就什么也没有。

赠老王

我当然不会告诉别人

你被一个"90后"的小嫂子拴住了鼻孔

我当然也不会透露

你留长发的样子还真有小白脸的范儿。

我当然知道

你我相逢于江湖之时你我早已远离江湖

我也知道

我们喝酒吹牛的劲儿仍如江湖中的赤子。

老王

今天杭州大雪

我想起了白居易的那首诗

温了两大碗老黄酒等我的老友来喝。

现在是唐朝

还是秦汉魏晋隋

一概不重要

时间就是个不存在的废柴。

可你没有来

你的大北方有更猛的雪和更烈的酒

更风骚的姑娘和更汉子的朋友。

我怀抱一颗青春的心

顶着一张沟壑遍布的老脸

把自己顺利喝高。

然后敲着孤独的筷子

对着窗外的雪唱着

绿蚁新醅酒

红泥小火炉

晚来天已雪

最后一句是什么

我始终想不起来。

老王

就这样吧遥碰一杯

我该去睡了

晚安。

致我的鼻子

哥们

飞机落地

杭州已到

在北京你受委屈了

充血

堵塞

寒风如刀

让你找不到存在感

不是所有的事物都适合 C 位

鼻子老弟

祖国的心脏不属于你

江南多好

青山在左竹林在右

虽冷犹绿

和润丰腴

连姑娘身上的香

都带着青草味

第六辑　远去无影的船

我爱你，哪怕你已不在

（题记：看到一则新闻，一位老人，妻已过世三十年，他在妻坟所在的山上，遍植她生前所爱的桃花，并移居于此，一住便是三十年。）

每天艰难活着

种桃和思念

与你的坟对话像你在身边

其实我也可以死去

可唯有我活着

你的死才有意义

你才可以继续

留存在人间的痕迹

亲爱的

世上没有人在意你

除了我，因为

我爱你

你死或者不死

都不要紧

世上没有人在意我和你

轻如桃叶的

两条命

曾有一点颜色

有一点生机

倏忽即逝

而在我这里

你的高矮胖瘦

喜怒悲欢

是这世界的全部

天下的女人加起来

也比不上

你身上的一颗痣

我知道我们终将

相见于云天之外

我们的桃园

像我对你的爱

在地上也在天上

我黑黑瘦瘦，不帅

你个头矮矮，不靓

这有什么关系呢

止于皮囊的爱

像烂在树下的花泥

我和你早已

越过皮囊

越过高山

越过世人的想象

抵达天堂的阶梯

生命里仅存却永恒的美好

你躺在摇椅上像婴儿躺在摇篮
不能动弹的身体只剩眼睛里的光

还有什么能诠释活着意味着一切
这美好的永恒的仅存的眼睛里的光

婚 礼

下班很晚

夜没想象的那样黑

我心情不好也不坏

总觉得有件事

好像应该做却想不起来

现在我终于想起来了

在我临睡前

脑海里飘过一个奇怪的镜头

那是一副棺材

里面躺着我的奶奶

如果你还活着

应该又在埋怨我

这个斐仔啊

又这么长时间不打电话

忘记奶奶了

奶奶我告诉你

你的号码仍在我手机里

隔一周打一次电话的约定

也还记得

只是像往常一样我仍然忙

忙啊，我这个孙子！

忙到果然没能见你最后一面没能为你送终

忙到坐在你棺材边上脑袋里还想着工作

忙啊忙到你一入土我便离开

忙啊忙到忘了你已经不在了

你不在了，你知道吗奶奶

我对你说你这次不会死可还是死了

人都是会死的但你是我奶奶啊

我说过你会活到一百岁不是在骗你

然而，当然是骗你

走吧奶奶，其实我这个孙子没那么矫情

你一生受苦现在它们全部归零

我见证了你生命中最辉煌的时刻

锣鼓喧天，连唱了三天的黄梅戏

所有亲人列队相送如同送一位出嫁的新娘

这是你的葬礼

也是你的婚礼

爷爷，奶奶来了

朋友说她 90 岁的姥姥今天过世了

当然也有一点忧伤

我想起我去年过世的奶奶

这世上唯一公平却让人伤心的事

恐怕就是死亡

死神的镰刀收割我们

像农民收割庄稼那般自然而然

人的一生究竟要怎样度过

从最初到最后

没有谁能给谁答案

她的姥姥和我的奶奶不能

明月在天上也不能

天上的消息只有去过的人才能知晓

可惜一去不复返

留我们在地上抬眼望啊望

望也望不到边

望不见寂寞人海里远去无影的船

诗歌，向善的力量（代后记）

■阿斐

这个世界以及我们所身处的这个社会，如果我们觉得它们是"坏"的，一定有我们自己的"功劳"。我们看见或者体验它们的种种不好，恶的或丑的一面，从而生出一种担忧，由担忧而生出自我保护欲。我们以为必须适应并且在一定程度上要更恶更丑，才可能抵挡来自于"坏"的威胁，才能让自己不至于过早地被它们淘汰，进入时空的无名尘埃之列。

没有谁不认为自己是向善的，至少内心涌动着这股泉流，只是嘴上手上的动作，往往会反向而行。这在旁观者看来，只会添加自己要更恶更丑的理由，因为，"他们都是这样"，"所有人都是如此"，我也必须这样，必须如此。

由此看来，"坏"是一种传染病。恶或丑或其他种种，由你传向我，由我们传向他们，由大家而及全体。

善，以及诸如此类的事物，反倒成了异类，极可能被视为"伪善"。向善者在这样的氛围和环境里，变得战战兢兢，不敢大声说话，用沉默筑起一道防火墙，用习以为常，替恶与丑洒扫庭院。

当今中国，以及中国诗歌，就是这样。而我，不想做那个洒扫庭院的人。我有话要讲。我希望在自己能力范围内，适当提高嗓门。我希望用自己的微薄之力，传播与唤醒向善的力量。

多少次有人问我，以及我自问，为什么写诗？我觉得，可以用四个字来概括：寻找净土。这可能不是最准确的表达，但却是最简洁的表达。在我看来，寻找净土，就是为我身心中向善的力量加持。

我当然也看到了世间的"坏"，并在我的整个青春期，为此而痛心疾首，以为自己不是这个世界的产物。但我不想同流合污，不想让自己变得更恶更丑，所以我找到了"诗歌"。对我来说，诗歌里面的世界，就是我所认为的净土。在我选择以"诗人"之名行走于世界之时，我就抱定一生向善的决心。也许会有弯路，也许会有路障，但这初心，从未被我修改。

我相信这样一句话：是善神，而不是恶灵，选择我们做诗歌的工具。是的，是善神而非恶灵，让我成为诗人。

我环顾周围的诗人们，又有几个不是这样的初心呢？又有几个会认为，自己是恶灵掌控之下的诗人呢？

诗歌的国度没有门槛与篱笆的阻挡，尤其是互联网兴起以来的诗歌之国，让向善者，让望而却步者，都可以栖身于其中。

一定程度上，诗歌在扮演庇护所的角色。我认为，这是诗歌有善的属性的证明。我仍然相信，诗歌的国度里，大多数是向善者，诗歌于其而言，是一个精神家园，是净土，是天堂，是内心中柔软的地方，诸如此类。

那些以诗歌谋取现实利益，以诗歌满足名欲与掌控欲的人，我认为，就是属于"坏"人之列，是恶与丑的。

那些安静栖身于诗歌之国，并顽强保留那份向善的倔强，不因为时间流逝、空间变化、境遇转换，而改变自己初心的人，我视之为同道中人。不管用什么语言，不管用什么视角来写诗，哪怕境界有高低，哪怕格局有大小，在精神趋向上，我以他们为友。诗歌中向善的力量，正是源自我们。而我们，也必须释放出这股力量，而不是隐忍，而不是噤声。

我知道，诗歌中的向善者，其所积蓄的力量，远大于那些咿咿呀呀的大嗓门。后者外强中干、色厉内荏，前者外柔内刚、表里如一；后者以利聚、以利散，前者有情、有义、有所为、有所不为。

我在杭州接触到了一批诗人，他们都是谦谦君子，安静地生活，安静地写作，在做活动时，把自己摆在最后面，而不像一些诗群那样，永远以自己人为重。他们诗如其人，不以诗歌潮流为方向，而以自己的内心所向为方向。我尊重这些诗人，也尊重他们的诗歌，并深受其人格的影响，以"诗如其人"为圭臬。我相信，诗歌中向善的力量，就在这样的诗人体内。

为世界供应向善的力量，也许是诗歌最大的"用"。诗歌不一定能直接改变世界，但一定有能力直接影响人心，由人心的改变，进而改变世界。向善的诗歌，可以孕育出一片向善的天地，我相信。